Para Ella

© 2007, Editorial Corimbo por la edición en español
Av. Pla del Vent 56, 08970 Sant Joan Despí, Barcelona
e-mail: corimbo@corimbo.es
www.corimbo.es
Traducción al español de Rafael Ros
1ª edición octubre 2007
© 2007, l'école des loisirs, París
Título de la edición original: «Et pourquoi?»
Impreso en Bélgica por Daneels
ISBN: 978-84-8470-267-2

Michel Van Zeveren

¿Por qué?

Corimbo

Esta mañana, Caperucita Roja
va a casa de su abuelita...

De repente, un lobo fiero le salta encima.

¡Grrrrrr!
¡Te voy a comer!

¿Por qué?

¿Cómo que por qué?
¡Porque tengo hambre!

¿Por qué?

¡Oh! Bueno, eh... porque no he comido nada desde hace días...

¿Por qué?

Porque no puedo
cazar con tranquilidad.

¿Por qué?

Porque he de esconderme
constantemente.

¿Por qué?

Porque un cazador
me pisa los talones.

¿ Por qué?

Para quitarme la piel.

¿Por qué?

Para venderla a un comerciante.

¿Por qué?

¡Para hacer un abrigo de piel!

¿Por qué?

¡Por qué!

grita el lobo, quien, al borde de su paciencia,

se traga **de un bocado**
a Caperucita Roja.

Ahhh...
Ahora voy a hacer una siestecita...

¡Nooo…!

No empieces…

¿Por qué?

¿No te callarás nunca?
¡No puedo más…!

Si esto no termina, me voy a casa del cazador...

¿Por qué?

¡Para quitarle su cuchillo!

¡Para abrirme la barriga!

Pero esta vez, para su sorpresa,
el lobo no tiene tiempo de responder...

¡Hum!

Me pregunto por qué ha hecho esto,
dice el cazador...

¡Yo sé por qué!

dice Caperucita Roja saliendo de la
barriga del lobo.